Fibi und ihr Einhorn

Fibi und ihr Einhorn

Dana Simpson

h.f.ullmann

ihr Einhorn“ nichts Geringeres ist als der beste Comicstrip seit „Calvin und Hobbes“. So gut ist Simpson – und so originell.

Teil des Charmes von „Fibi und ihr Einhorn“ ist die Art, wie Simpson die gegensätzlichen Weltanschauungen ihrer beiden Figuren – Unsterblichkeit auf der einen Seite und Gegenwärtigkeit auf der anderen – auslotet, ebenso das jeweilige Selbstwertgefühl. Denn Fibis Entschlossenheit, als großartig wahrgenommen zu werden, entspricht eins zu eins Maiglöckchens unerschütterlicher Überlegenheit gegenüber der gesamten menschlichen Rasse. In einem Punkt allerdings sind sie einander ebenbürtig: Sie finden beide Vergnügen daran, Salz in jede sich ihnen bietende Wunde zu streuen. Es herrscht zwar echte Zuneigung zwischen ihnen, doch muss sich diese erst entwickeln. Und damit lässt sich Simpson Zeit. Sie hält das Ruder immer fest in der Hand, baut kunstvoll gesellschaftliche Bezüge in die Geschichte ein und etabliert darin sukzessive neue Charaktere und Themen.

Man mag versucht sein, jede Pointe zu zitieren, jedes einzelne Bild zu beschreiben … Verzauberung entsteht nur selten aus zweiter Hand, denn: Es ist die Poesie, die beim Übersetzen verloren geht, wie der Dichter Robert Frost einst schrieb. Daher rate ich Dir einfach, „Fibi und ihr Einhorn“ schleunigst zu lesen.

Jetzt zum Beispiel!

— Peter S. Beagle,
Autor von „Das letzte Einhorn“
Oakland, Kalifornien
September 2013

Einleitung

Liebend gerne würde ich zumindest einen kleinen Anspruch auf Maiglöckchen Samtnüster erheben dürfen, dieses entzückend überhebliche Einhorn, das sich uns voller Stolz und Charme in Dana Simpsons wunderbarem Comic präsentiert. Vielleicht kann ich das sogar, wurden doch ganze wissenschaftliche Aufsätze darüber verfasst, dass vor meinem 1968 erschienenen Roman „Das letzte Einhorn" weibliche Einhörner in den Mythologien unserer Welt schlichtweg nicht existierten. Außerdem habe ich zu Beginn meines Buches geschrieben: „Einhörner sind unsterblich. Es ist ihre Art, allein an einem Ort zu leben, gewöhnlich in einem Wald, in dem es einen klaren Teich gibt, worin sie sich spiegeln können, denn sie sind ein wenig eitel, wohl wissend, dass sie auf der ganzen Welt die schönsten Geschöpfe sind – und zauberische obendrein."

Ein wenig eitel … Maiglöckchen wäre ein fürchterlich egoistisches Ding, gänzlich von sich selbst eingenommen und absolut unsympathisch, wären da nicht ihr Sinn für Humor und ihre überraschenden Anflüge von Mitgefühl – zwei äußerst wichtige Eigenschaften, wenn man verpflichtet ist, den Wunsch eines neunjährigen Mädchens zu erfüllen, das dringend einen besten Freund benötigt, um erfundene Superheldenspiele zu spielen, an Pyjamapartys teilzunehmen, über Mädchenthemen zu plaudern oder um einfach durch den Wind zu reiten, nachdem man einmal zu oft als Trottel oder Prinzessin Dummdumm bezeichnet wurde. Denn Fibi ist ein außergewöhnlich reales, kleines Mädchen, schlau und einfallsreich wie Bill Wattersons Calvin und berührend verletzlich wie Charles Schulz' Charlie Brown. Und sollten Dir diese Namen für einen Vergleich zu groß erscheinen, gehe ich sogar einen Schritt weiter und gebe hiermit zu Protokoll, dass „Fibi und

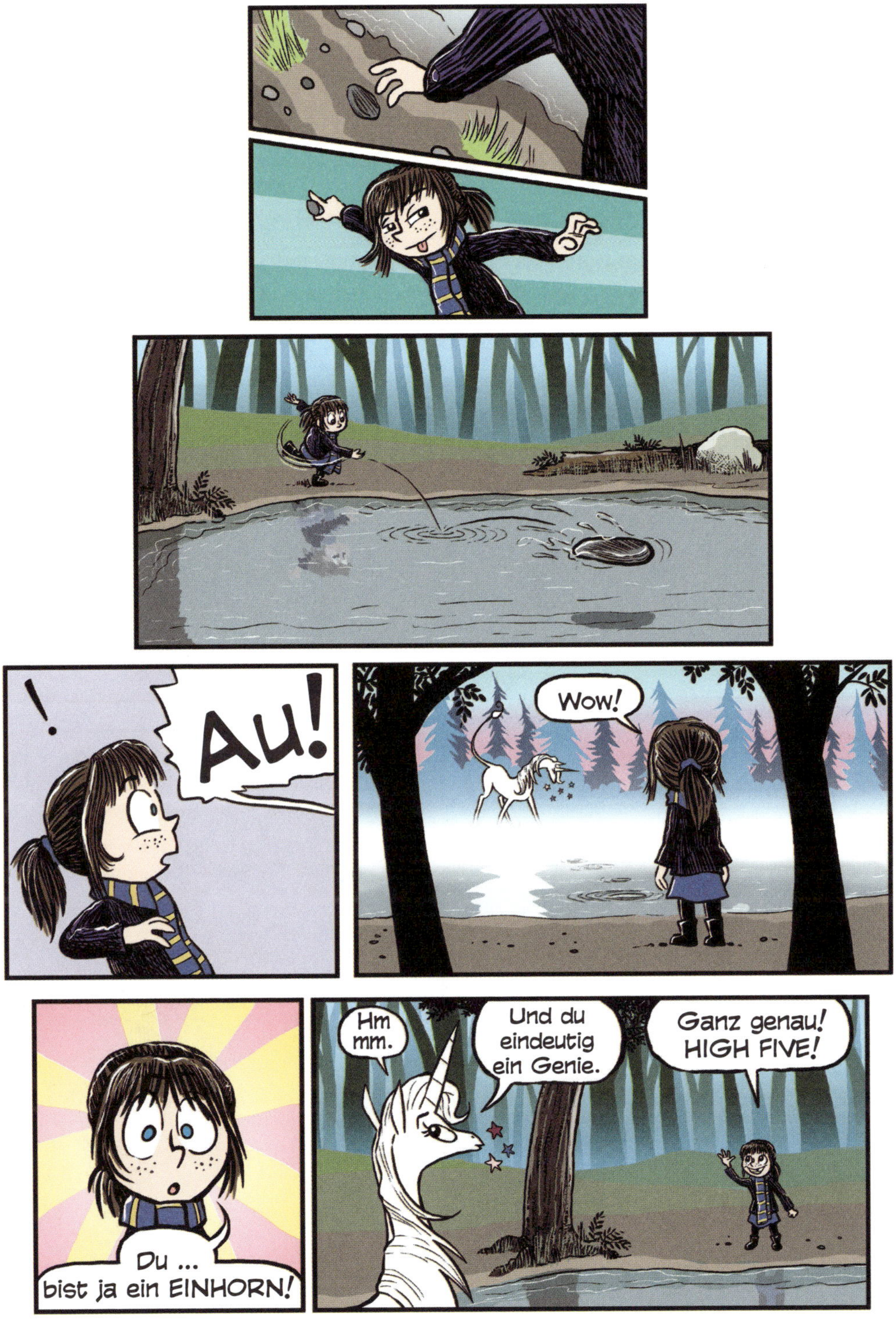
!
Au!
Wow!
Du ...
bist ja ein EINHORN!
Hm
mm.
Und du
eindeutig
ein Genie.
Ganz genau!
HIGH FIVE!

Es tut mir leid, ich–
Schon ok.
Ich war von meinem Spiegelbild gefangen.
Ich bin so schön, wenn ich mich ansehe, kann ich nicht wegsehen. Manchmal tagelang nicht.
Ich stehe in deiner Schuld, weniger schöne Kreatur.
Kein Probl– wie bitte?
dana

Weil du mich gerettet hast, gewähre ich dir einen Wunsch.
Du darfst dir alles wün—
Ich wünsche mir UNENDLICH VIELE WÜNSCHE.
Das geht nicht.
Endlos viel Geld?
Wie wäre es mit Weltfrieden?
Ich bin in der 4. Klasse.
dana

Ich wünsche mir SUPERKRÄFTE!
Hör mal, Kind-
Fibi.
Fibi, wie wäre es mit etwas mehr REALISMUS?
Wie in dem Traum, in dem mir eine Riesenpommes Ernährungstipps ins Gesicht geschrien hat?

Okay, ich habe jetzt einen Wunsch, den du erfüllen kannst.
Ich wünsche mir DICH zur BESTEN Freundin.
Äh ... vielleicht doch lieber Gold?
Komm, ich flechte deine Mähne!
dana

Ich bin zu ... BESCHÄFTIGT, um deine beste Freundin zu werden.
Mit was beschäftigt?
Anscheinend haben Einhörner nicht mal magische Ausredekräfte!
Ah, ich hab's! Schweifyoga.
dana

Als meine beste Freundin musst du alles über mich erfahren.
Ich wurde in einem goldenen Palast geboren und Schmetterlinge besangen die neue Ära, die meine Geburt einläutete.
$7.99
Und mein Zweitname ist UNHEIL.
$7.99
Du wurdest leicht gelbsüchtig im örtlichen Krankenhaus geboren und dein Zweitname lautet Gisela.
$7.99
Woher—
Einhorn.

Und wie heißt du?
Ich ...
... bin
MAIGLÖCKCHEN SAMTNÜSTER.
Das ist der BESTE NAME EVER!
Ganz genau!
dana

Was bedeutet es denn genau, deine „beste Freundin" zu sein?
Es bedeutet, ...
... dass ich ganz offiziell das WELTTOLLSTE Mädchen bin!
„Ganz offiziell?"
Na, weil ich doch zertifizierte Bundeskommissarin für Welttollheit bin.
dana

Ich habe unglaublich viel mit uns vor.
Aber als ERSTES will ich dich unter Darias doofe Rotznase reiben.
Nicht in echt.
Puh!
dana

Morgen werde ich vor der Klasse stehen und sagen: „Darf ich vorstellen: MEINE BESTE FREUNDIN MAIGLÖCKCHEN SAMTNÜSTER!"
Und du wirst dann in Sterne eingehüllt auf einem Regenbogen durchs Fenster fliegen.
dana
Ich glaube, mit dir stimmt etwas nicht.
Du wirst GLÄNZEN müssen. Hier ist Glitzer und ... Backfett.

AM NÄCHSTEN TAG
Präsentation!
So, als Erste kommt Fibi an die Reihe.
ähm Ich habe etwas WIRKLICH WIRKLICH Tolles und Wichtiges!
Das wird euch RICHTIG umhauen!
...
Äh ... Also weiter!
dana

Liebe Mitschüler, darf ich vorstellen: meine beste Freundin und EINHORN ...
MAIGLÖCKCHEN SAMTNÜSTER!
Präsentation!
hust FREAK *hust*
Bestaunt ihre BEMERKENSWERTE TARNKRAFT!
dana

Es war einmal ein Mädchen, das mit einem magischen Einhorn befreundet war !
Sie unternahmen lustige Dinge wie Pyjamapartys und Einhornreiten.
Zzz
Zzz
Doch dann fand das Mädchen etwas Schreckliches heraus !!!
ENTSETZTES GESICHT
Das Einhorn war eine FETTE, STINKENDE BETRÜGERIN !!!!!!
STINKELINIEN
VERSAGER
Es ist halb autobiografisch.
Es ginge schneller, wenn du es mir einfach SAGEN würdest.

AH AH AH AH AH
HEUL
Blödes Einhorn. Hat mich tatsächlich vor ALLEN blamiert.
schnief
Ich bin ein Einhorn. Ich bin eine total coole Doofnuss. Ich ruiniere grundlos Fibis Leben, weil ich fies bin.
Man sollte sie Dummhorn nennen.
Oder ... Schweinhorn.
Hihihi!
dana

Ach, HIER bist du!
Du solltest doch in den Klassenraum springen, damit jeder dich sieht und eifersüchtig wird.
ERNSTHAFT?
Meine Schönheit hat diese Pfütze in etwas Herrliches verwandelt.
dana

platsch
So! Und wieder vor einer dämlichen Spiegelung gerettet!
Huch! Wo bin ich?
Oh, hallo.
Du hast deinen Einsatz verpasst!
Bist du sauer?
Wie kommst du darauf?
Einhorn-power.
dana

Du bist ein Einhorn! Dich zu treffen sollte mein Leben großartig machen.
Dann hättest du dir DAS wünschen sollen. Aber du wolltest, dass ich deine beste Freundin werde.
Vielleicht solltest du mich wie einen Freund behandeln, statt wie eine Requisite.
Du bist weniger blöd als ich dachte.
Einhorn.
dana

Ich wollte doch nur etwas Besonderes sein. Nicht wahrgenommen zu werden, macht einsam.
Besonders sein, macht auch einsam.
Es gibt so wenige von uns, die meiste Zeit starre ich einsam in kristallklare Teiche.
Wir sind gar nicht so verschieden!
Das habe ich jetzt überhört.
dana

Glaubst du, wir können Freunde werden?
Warum nicht?
Für ein Menschenkind bist du total okay.
dana
Das ist das Netteste, das du bisher zu mir gesa—
Auf anmaßende, herrische, rotzlöffelige Art okay.

WHOOM
ZAK
KA-BOOM
ARGH!!!
ARGH!!!
ARGH???
Ich bin tot.
WAAAS?
Na, meine Figur ist tot.
Jetzt willst du sicherlich trauern.
Nee, ist okay, ich habe NOCH eine.
Menschen sind so stumpf.
Sie kannte das Risiko.

AM NÄCHSTEN TAG
Also, wie ich GESTERN schon versucht habe zu sagen ...
Das ist meine Freundin Maiglöckchen.
Richtig. Ich bin mit diesem seltsamen Kind befreundet.
Ein Hoch auf ihren exzellenten Geschmack!
APPLAUS
dana

Pssst. Hier.
Hä?
Ein Zettel! Von Daria. Beliebte Mädchen schreiben mir doch NIE Zettel!
Ich WUSSTE, dass meine Freundschaft mit einem Einhorn helfen würde.
Offenbar nennen mich die beliebten Kids liebevoll „Prinzessin Dummdumm".
dana

„Liebe Prinzessin Dummdumm, du bist doof. Freundliche Grüße, Daria."
Welch FREVEL!
Aber hallo!
DU bist keine Prinzessin!
Darum geht es doch nicht.
Warum? Das ist eine Beleidigung für das gesamte Königreich Dummdumm!
dana

Ich kapier's nicht. Ich habe ein Einhorn präsentiert und bin genauso unbeliebt wie zuvor.
Oh, das liegt wohl am SCHUTZSCHILD DER LANGEWEILE.
Am Schutzschild der Langeweile?
Nein ... am SCHUTZSCHILD DER LANGEWEILE.
Am Schutzschild der Langeweile.
Die Aussprache üben wir noch.
dana

Das SCHUTZSCHILD DER LANGEWEILE ist ein Zauber, der uns hilft, ein Mythos zu bleiben.
Es sorgt dafür, dass man uns zu langweilig findet, um von uns zu erzählen.
So können wir ungestört unserem Einhornkram nachgehen.
Ich störe dich also nicht?
Weniger als andere haarlose, rosa Dinge.
dana

Wenn ich ein Einhorn wäre, würde ich das VOLL ausnutzen.
Ohne „Schutzschild der Langeweile". Ich würde ALLEN meine Herrlichkeit vorführen ...
... und mit meinem Horn Marshmallows rösten, Grillfleisch aufspießen und Leute pieksen.
Vielleicht bist du nicht ohne Grund KEIN Einhorn.
Ich piekse Leute zwar sowieso, aber trotzdem.
dana

Hatte nie einen Traum,
der blieb.
Nie ein Einhorn, auf dessen
Horn ich Bälle hieb.
Hatte nie ein Kind,
um alles zu teilen.
UNICORN LORE
PIZZA QUEEN
Nie eine Vorstadtprinzessin,
um mit ihr zu verweilen.
Waren nie ein Team,
das gemeinsam unter den
Sternen gerannt.
Hatten nie jemanden,
der sich je zu uns bekannt.
Sind jetzt nie mehr allein,
bei Tag nicht und bei Nacht.
Die Prinzessin und das
Einhorn haben nun die Macht!

Ich hab heute Nacht geträumt, dass meine Haare aus Spaghetti sind.
Diesen Traum können wir dir erfüllen!
Nein. Auf KEINEN Fall.
Okay, gut, dass du das sagst.
dana

Ist es schwer ein Einhorn zu sein?
Oh ja, sehr!
Ständig werden wir von naseweisen Mädchen heimgesucht.
Wir üben STUNDENLANG Sarkasmus.
Weißt du, ich könnte dein Horn auf eBay verkaufen und total abräumen.
dana

Igitt.
Igitt?
Du isst Gras.
Und DU isst Vögel.
Ja, aber nur GEWÜRZTE!
dana

Gehen Einhörner zur Schule?
Oh ja.
Ich war gut, nur in „Glänzen für Fortgeschrittene" hatte ich eine Drei minus.
Wie das?
Ich habe so geglänzt, dass die Lehrerin danach eine Woche blind war.
Passiert mir auch ständig.
dana

Und warum hast du eine schlechte Note bekommen?
Ich mochte die Lehrerin nicht.
Sie war eine HORNLOSE INTELLEKTUELLE.
Das ist Einhorn-humor, richtig?
Natürlich, alle unsere Witze kreisen um unser Horn.
dana

Hier steht: „Einhorn" bedeutet „ein Horn".
Das ist ein verbreiteter Irrglaube.
„Einhorn" bedeutet so viel wie „einmalig" oder „einsame Spitze".
Ach was!
„Mensch" bedeutet eigentlich auch etwas ganz anderes.
dana

Maiglöckchen? Wie ist es dort, wo du herkommst?
Es ist wundersam und magisch.
Es gibt sogar ÄPFEL!
Hier gibt es auch Äpfel.
Vielleicht!
Aber habt ihr MÖHREN?
Jepp.
Sellerie?
Jepp.
Zucker-würfel?
Jepp.
Petersilie?
Jepp.
EINHÖRNER?
Okay, okay.
Na also.

Was machen beste Freunde sonst noch?
Was machen sie NICHT?
tip tip
Du hast keine Ahnung, oder?
Googeln ist das neue Wissen!
dana

PYJAMAPARTYS.
DAS machen beste Freunde.
Oh, über Pyjamapartys weiß ich alles!
Ich kümmere mich um den Schlaftrunk ...
... und um den Plan von der örtlichen Wasserversorgung.
Ich fürchte, wir meinen nicht ganz dasselbe.
dana

Unsere erste Pyjamaparty erfolgt nach allen Regel der Kunst.
Wir benötigen: Pyjamas, Popcorn und Mädchenthemen.
dana
Ich hole meine Pyjamas!
Du besitzt Pyjamas?
SEHR viele.

Hi, Mom. Wir gehen hoch. Mein Einhorn übernachtet heute bei mir.
Okay, viel Spaß.
Ich fange an, das SCHUTZSCHILD DER LANGEWEILE zu mögen.
Deine Aussprache wird immer besser!
dana

Ganz wichtig bei Pyjamapartys ist das TRATSCHEN.
dana
Oh! Ich weiß ein ganz pikantes Geheimnis!
Hortensie Schönfell soll eine Hornverlängerung gehabt haben!
So etwas hab' ich noch nie gesehen.
Als würde dir das auffallen.

Jetzt bist du dran. Erzähl' mir aber etwas wirklich Existenzielles!
Tom hat sich Darias grünen Radierer unter die Achsel gesteckt und sie wollte ihn nicht zurück!
Ich weiß nicht mal, was „existenziell" überhaupt bedeutet.
Wenn das doch nur das einzige Problem wäre ...
dana

Das Verbrechen in dieser Stadt schläft nie.
Genauso wenig wie ...
KLAUSTROFIBI!
Heute Nacht muss sie sich ihrem ÄRGSTEN FEIND stellen.
SPITZKOPF.
Ich habe einen KEKS für dich!
Ich WUSSTE, dass du als Bösewicht nichts taugst.
Dann gib mir den Keks zurück.

Hast du schon mal eine Kissenschlacht veranstaltet?
Ich glaube nicht …
Ich nehme an, ich soll die Kissen zum Leben erwecken, wir lassen sie bis zum Tod kämpfen und setzen auf einen Gewinner?
Nee.
Gut. Das geht nämlich NIE gut aus.
dana

KISSENSCHLAAAACHT!!
SPLAF
Ge-
wonnen?
Das Kissen auf
jeden Fall nicht.
dana

Und dann sagte er: „Der Anruf kommt von drinnen!"
FLATSCH!
Habe ich jetzt gewonnen?
Das war gerade Furcht einflößender als meine Geschichte.
dana

Danach darfst du MEINE Haare flechten.
Sicherlich wirst du das nicht gleich so gut können wie ich, aber mit etwas Übung—
ZACK
dana
Entschuldigung, wie meinen?
Angeberin.

Was sagst du?
Ich bin ein absoluter BLICKFANG.
Selbst die Zöpfe können das nicht ganz verbergen.
Gern geschehen!
dana

Nacht, Süße.
Sag auch meinem Einhorn gute Nacht!
dana
Gute Nacht, Fibis Einhorn.
Nein, nein, nein. Sag es RICHTIG.
Sag: „Mögen dich Elfen in den Schlaf singen, oh du himmlische Prinzessin aller Herrlichkeit."
NEIN!
Wenn wir jetzt Elfen zum Singen bringen, singen sie, bis wir WAHNSINNIG werden!
Dann eben nur: „Nacht, Maiglöckchen".

So, Maiglöckchen.
Diesen Sommer bin ich groß und tapfer genug, um vom HOHEN Felsen zu springen.
Maiglöckchen?
Hier bin ich!
Zum Schwimmen bereit.
FWIP FWIP FWIP FWIP
HI HI HI HIII
HA HA HAHAHAAAAAAA
Steht mir mein Outfit etwa nicht?
BESTER SOMMER EVER!

Ein bisschen heller, bitte.
Ein bisschen dunkler.
Perfekt.
Gute Nacht, Fibi.
Gute Nacht, magisches Nachtlicht.
dana

Was ist DAS?
Das sind „Biobomben".
Mom sagt, dass sie früher „Zuckerbomben" hießen, aber heute wollen sich die Leute lieber einreden, dass alles, was sie essen, gesund ist.
„Biobombe" klingt also gesund?
Wir MENSCHEN mögen es nun einmal EXPLOSIV!

Möchtest du kein Frühstück?
Ach, ich nehme mein Frühstück TO GO.
dana
Mom sagt, der Rollrasen war teuer.
Schmeckt man.

Bin ich froh, dass ich kein Gras fressen muss!
Du bist nur eifersüchtig, weil DU keine Zellulose verträgst.
Tu ich wohl.
Okay, dann leg mal los.
Gerade habe ich keine Lust.
Ich kann warten.
dana

Hiermit erkläre ich unsere Pyjamaparty für erfolgreich beendet!
Ich muss gestehen, das war mein bisher größter Triumph.
MEINER ist immer noch die Entdeckung der Farbe Blau.
Vor dir hat keiner etwas Blaues gesehen?
Nicht, dass ich wüsste.
dana

Mom sagt, ich kann werden, **WAS ICH WILL.** Aber das stimmt nicht wirklich, oder?
Ich kann alles Mögliche NICHT werden, ganz egal, wie sehr ich es will.
Ein Pavillon ... das Krümelmonster... Angela Merkel ... eine Lampe ... eine Teekanne ... eine Obstschale ...
Und dennoch schaffst du es, total Banane zu sein.
Ein Roller ... ein Schnabeltier ... eine Supernova ...

plink
Bauern bewegen sich so nicht.
Das ist ein BAUERNBOTE, ein magischer Gesandter der Königin. Der darf das.
Gar nicht wahr.
dana

Schachmatt.
Lass uns etwas spielen, worin ICH gut bin.
Zum Beispiel ... äh ... ähm ...
„Das magische Fingerzählspiel."
Ich wäre für „Wer hat den schönsten Schweif?"
dana

Zum Beispiel „DETEKTIV“!
Oder etwas, bei dem niemand gewinnt oder verliert.
Ich bin die unerschrockene, abgebrühte Fibi Spürnase und du bist ... äh ...
mein Schreib-tisch!
Mein Auto?
Weil ich vier Beine habe? Das nennt man Typecasting.
dana

Du könntest mein Assistent sein! Jeder große Detektiv hat einen.
Vielleicht solltest DU lieber MEIN Assistent sein.
Ok, wir regeln das demokratisch.
Wunderbar!
dana
Alle, die für Maiglöckchen als Assistent sind, heben bitte die Hand!

Wie wäre es mit „Schnick, schnack, schnuck".
dana
Schere schlägt Papier. Du hast gewonnen.
Hast du gerade geschummelt, damit ich gewinne?
Ich habe mich nur vertan.

Wie wäre es, wenn keiner Assistent ist?
Schau, mein Logo kombiniert unsere Namen und Merkmale absolut gleichwertig.
FIBIGLÖCKCHEN
DETEKTIVAGENTUR
Oh je!
Gleichberechtigung ist nicht immer hübsch.
dana

Was gibt's?
Ich versuche, einen Comicstrip zu zeichnen.
Er heißt: „Egon, die saure Essiggurke."
Gibt es eine Handlung?
Nein, aber sauer macht schließlich lustig.
Verstehst du? SAUER? LUSTIG?
HAHAHAHAHAHA
Zu subtil?
Jetzt hätte ich Lust auf saure Gurken.

Wir brauchen ein Rätsel, das wir lösen können.
Vorschläge?
Wir könnten die unerklärliche Magie von Sonnenlicht auf taubenetzten Butterblumen in einer Waldschlucht untersuchen.
Das ist nicht sehr mysteriös.
Für ein Einhorn schon.

Ich hatte mal einen Elefanten als Stiftaufsatz.
Letzten Monat ist er auf MYSTERIÖSE WEISE verschwunden.
DAS werden wir untersuchen.
Gibt es Hinweise?
Ich vermute, das ist das Werk meiner ERZFEINDIN.
Du hast eine Erzfeindin?
Wäre sonst mein Stiftaufsatz weg?
dana

DING-DONG
Hallo?
Hi. Ist Daria da?
Bist du eine Freundin von ihr?
Ich glaube, wir sind eher Erzfeinde.
Einen Moment bitte.
DARIA, EIN SELTSAMES MÄDCHEN UND EIN EINHORN MIT SHERLOCK-HOLMES-MÜTZE MÖCHTEN DICH SPRECHEN.
PRINZESSIN DUMMDUMM?
dana

Und, was will eure Majestät?
Ich bezichtige dich des DIEBSTAHLS.
Sieh an, sieh an.
dana
DURCHSUCHUNGS-BESCHLUSS
Hier ist mein Durchsuchungsbeschluss.
Das ist nur ein Blatt Papier, auf dem ein einzelnes Wort steht!
DURCHSUCHUNGS-BESCHLUSS
Siehst du, wir hätten DOCH länger daran arbeiten sollen.

Dieses Foto hast du gepostet.
DEUTLICH zu sehen ist ein Elefantenstiftaufsatz wie MEINER, den ich mysteriöserweise verloren habe.
Und?
Und nun knickst du aufgrund meiner brillianten Detektivarbeit ein und gestehst!
Du bist seltsam.
Und du spielst nicht richtig mit!
dana

Nee.
Doch!
Nee.
Doch!
Kinder, regeln wir das fair.
Daria, da du Fibis Stiftaufsatz genommen hast, ...
... bekommt sie deinen Kopfaufsatz!
ZZZZZAP
AAAA AAAH!
IIII IHHH!
Sind nun alle happy?
dana

AAAAAAAAAA!
AAAAAAAAAAAAAAAAAA!
Was ist los?
Du hast ihre Haare weggezaubert!
Ist das schlimm?
JA!
Ihr Menschen seid doch sowieso alle fast kahl. Wozu der Aufstand um ein paar Haare?
Hm … ich verstehe zwar, was du meinst, aber …
Was macht schon ein bisschen mehr Rosa in diesem ekligen, menschlichen Hautmeer aus?
Du weißt wirklich nicht, wann du besser still sein solltest, oder?

Wo rennt Daria hin?
Sie rennt
AAAAAAH!
Ich habe gefragt: „Wohin?".
Tut mir leid.

Wir müssen Daria finden und ihre Haare in Ordnung bringen!
Einverstanden.
Ihr emotionaler Ausbruch könnte die Stabilität des SCHUTZSCHILDES DER LANGEWEILE gefährden.
Wir haben also einen neuen Fall!
Ja, weil wir den alten Fall vermasselt haben.
Der diente zur Übung!
dana

Kannst du wegen ihrer Haare etwas tun?
Na klar.
Auch wegen ihrer Persönlichkeit?
Reicht es nicht, wenn ich ihre Haare wieder herbei-zaubere?
dana

Sie ist in Richtung Park gelaufen!
Wir teilen uns auf und treffen uns auf der anderen Seite.
Wo ist dein Handy?
ZZAP!
Indem ich eine magische Verbindung zu deinem Handy herstelle, kann ich dir Nachrichten schicken.
Einhörner haben magische SMS-Kräfte?
Seit es Handys gibt, macht die Gabe sogar noch mehr Sinn.
dana

Fibi! Ich glaube, ich habe sie gefunden!
Wohl kaum. Sie sitzt direkt vor mir.
dana
Bei genauerer Betrachtung ist es auch eher ein Kaugummiautomat.
Das sage ich ihr besser nicht.

Was machst du hier?
Ich spiele „Verwirrte Vögel".
Und, wie läuft's?
Die Vögel sind weniger verwirrt als ich.
dana

Bin ich froh, dass ich nur zwei Beine habe.
Vier sind VIEL besser.
Ich KÖNNTE auf zwei Beinen stehen, LASSE es aber.
Woher weißt du das?
Zeig mal.
Sieh her.
Als hätte ich es eingefädelt ...
Und jetzt stehe ich auf NULL Beinen!
dana

Was machst DU denn hier?
Dich suchen.
Auch wenn du gemein bist, es tut mir leid, dass mein Einhorn deine Haare weggezaubert hat.
Ich weiß jetzt, dass Haare VIEL wichtiger sind als Stiftaufsätze.
Das ist eine blöde Moral.
Wenigstens ist es kein Klischee.

Wende deinen Blick ab, während ich mein EINHORN-BESCHWÖRUNGSRITUAL vornehme.
Kommst du?
Du schreibst eine SMS.
Du solltest doch wegsehen!
dana

Hübsch ist es hier.
Das ist mein Lieblingsort.
An dem du nachdenkst?
An dem ich „nachdenke"?
Ja, über wirklich ERNSTHAFTE Themen.
Sehe ich aus wie ein Nerd?
Eher wie Lex Luthor, aber das ist vermutlich nicht hilfreich.
dana

Da bin ich!
Pfff.
Oh je! Das ist ja übel!
Was denn?
Darias Schock über den Haarverlust hat das SCHUTZSCHILD DER LANGEWEILE verformt, und zwar ...
... in den SCHRECKLICHEN STRUDEL DES PFFFS.
Das hast du jetzt aber erfunden!
dana

Daria, Maiglöckchen sagt, sie kann deine Haare wieder herbeizaubern.
Pfff.
Wir müssen etwas unternehmen, bevor der STRUDEL DES PFFFS außer Kontrolle gerät!
Verstehst du nicht? Die Welt würde ins CHAOS stürzen!
Pfff.
Oh GOTT!
AAH! Wir müssen HANDELN!
dana

Also, was machen wir?
Das.
SCHUTZ-SCHILD DER LANGEWEILE DOWN!
Wow!
Sonne dich in meiner Schönheit!
Das ist weniger beeindruckend, wenn man es schon gehört hat.
dana

Würdest du mir den Mond zu Füßen legen, wenn ich darum bäte?
Nein.
Warum nicht?
Es würde dich nicht glücklich machen.
Dein Zimmer ist zu klein, du hättest keinen Platz, um ihn aufzubewahren.
Außerdem würden wir alle zugrunde gehen.
Okay, dann schreib' wenigstens riesengroß „FIBI ROCKT" darauf.

Erstarre in Ehrfurcht!
Okay.
Und jetzt entstarre sie wieder!
Okay.
dana

Da du jetzt ein Einhorn hast, verzichte ich darauf, dich „Prinzessin Dummdumm“ zu nennen.
Danke.
Und auch darauf, mich „Fiese Fibi“ oder so zu nennen!
Oder „Feiste Fibi“.
Ihr zwei macht mich fertig.
dana

Fast tut es mir leid, dass du deine Haare zurückhast.
Du hättest mein **LEX LUTHOR** sein können!
Ganz kahlköpfig und bösartig. Und ich hätte es mir zur Lebensaufgabe gemacht, deine fiesen Pläne zu vereiteln.
Wir könnten sie doch wieder kahl—
Wären meine Haare nicht so schwer, würde ich jetzt zu Fuß nach Hause gehen.

So, da wären wir auch schon.
Einhorn, können wir unter vier Augen reden?
Wie wäre es, wenn du dieses seltsame Kind abservierst und MEINE Freundin wirst.
Fibi ist meine beste Freundin, und ich bin verpflichtet, sie nicht „abzuservieren".
Warum das?
Sie hat mich mit einem Stein beworfen.
Keine Ahnung, was ihr beide da am Laufen habt ...
dana

EINES TAGES wirst du MEIN sein!
Was war das denn gerade?
Ich glaube, sie beneidet dich.
Was für ein schöner Tag!
Hast du meine Sherlock-Holmes-Mütze im Park vergessen?
dana

Daria scheint ihre Lektion gelernt zu haben, oder?
Sie wird nie wieder meinen Elefantenstiftaufsatz klauen.
Das ist eine Notiz in meinem Tagebuch wert.
Bin ich jetzt die Böse?
Eher eine Herausforderung.
dana

Maiglöckchen! Guck mal!
Nein.
Guck mal! Guck mal! Guck mal!
Nein.
Du bist ja doch nur NEIDISCH!
Unsinn.
Mein Interesse an der Beweglichkeit deiner Daumen kann nun mal nicht ewig währen.
N-E-I-D DU BIST JA GANZ GRÜN VOR NEID!
dana

Als Detektiv habe ich wohl versagt.
Zu versagen ist manchmal keine Schande.
Jeder große Erfolg ist das Resultat vorangegangener Misserfolge.
Lass mich dir von dem einen Mal erzählen, wo ich nicht perfekt war.
Und schon wird es wieder langweilig ...
dana

Ich hoffe, Daria geht es gut.
Mach dir keine Gedanken.
DAFÜR habe ich gesorgt.
Hast du sie in eine Karotte verwandelt oder sowas?
Sehe ich etwa aus, als betriebe ich Kindergartenmagie?
dana

Daria mag vielleicht nerven, ...
... aber wie du hat sie nun hinter das SCHUTZSCHILD DER LANGEWEILE geblickt.
Daher sind unsere Schicksale FÜR IMMER vereint.
Für immer?
Oder für eine Weile. Die Wissenschaft ist sich da uneins.
dana

Jemand, der ein Einhorn erblickt hat und von ihm abgewiesen wurde, kann ziemlich nachtragend sein.
Das heißt, nächsten Monat muss ich Daria auf mir zu ihrer Geburtstagparty reiten lassen.
Und ich? Bin ich etwa nicht eingeladen?
Du BIST eingeladen.
dana
Wieso muss ICH da hin?
Ich wittere zwiespältige Gefühle.

Ich bin etwas enttäuscht ... du sollst doch MEIN Einhorn sein, nicht Darias.
Wie süß. Aber keine Angst, ich bin nur nett zu Daria. DU bleibst meine beste Freundin.
Ich bin DEIN Einhorn.
Danke.
Und du meine kleine Kreatur mit Punkten im Gesicht.
Das sind Sommersprossen.
dana

Vergessen wir Daria fürs Erste.
Für wie lange?
Hä?
Ich muss doch wissen, wie lange der Vergessenszauber wirken soll, mit dem ich mich belege.
Müsst ihr Einhörner alles wörtlich nehmen?
Müsst ihr Menschen immer so ungenau sein?

Daria ist vier Monate älter als ich. Ich bin deswegen aber nicht die Jüngste in der Klasse. Ich bin einen Monat älter als Jim und zwei Monate älter als Tom.
Wie alt bist du, Maiglöckchen?
Ich weiß es nicht.
Du weißt es nicht?
Einhörner sind nicht zeitgebunden.
Und woher weißt du, dass du besser bist als jemand anderes?
Wenn sie nicht ich sind, gehe ich einfach davon aus.

Du hast einen interessanten Schweif.
Vielen Dank!
Wofür ist der?
Er ist das für hinten, was mein Horn für vorne ist.
Er bohrt sich in Sachen?
Er lässt mich elegant aussehen.
dana

Würde mein Hintern mit einem Schweif auch eleganter aussehen?
Ich denke schon.
dana
Du denkst?
Theoretisch würde dich jedes meiner Merkmale eleganter wirken lassen.

Möchtest du wirklich einen Schweif haben?
Eher nicht.
Meine Eltern wären wahrscheinlich nicht sehr begeistert.
Sind sie ... konservativ?
Nun ja, sie sind Menschen.
IIHHH.
Muss das sein?!
dana

Ich glaube, ich möchte dich meinen Eltern vorstellen.
Hi, Dad, ich bringe meine Freundin zum Abendessen mit.
Sie ist Vegetarierin und benötigt weder einen Stuhl noch das gute Geschirr.
Doch! Ich bin mir zu 99% sicher, dass sie real ist.
dana

Du hast deinem Vater gar nicht gesagt, dass deine Freundin ein Einhorn ist.
Ich bezweifle, dass er mir geglaubt hätte.
Ich hatte bisher nur wenige Freunde, und du bist ZIEMLICH außergewöhnlich.
Weil du auf mir sitzen darfst.
DAS fanden meine bisherigen Freunde GAR NICHT cool.
dana

Wenn ich bei euch zu Abend esse, muss ich dann bestimmte MENSCHENREGELN beachten?
Ich kann dir nur den Rat meiner Mutter geben:
„Iss anständig! Du bist nicht in einer Scheune aufgewachsen."
Und wenn es eine MAGISCHE GOLDENE SCHEUNE war?
Ich glaube, sie meint das nicht wörtlich.
dana

Deine Mutter habe ich bereits kurz gesehen ... erzähl' mir von deinem Vater.
Ich zeichne ihn dir lieber.
Eine Zeichnung sagt mehr als 1000 Worte.
Der künstlerische Prozess führt zu einer höheren Wahrheit. Gefühle werden sichtbar, von denen man gar nicht wusste, dass man sie hat.
Hier!
Und wo ist dein Vater? Ist er das Raumschiff?
Hoppla, ihn habe ich beim Zeichnen irgendwie vergessen!

Hört mal, ich möchte, dass ihr euch von eurer BESTEN SEITE zeigt.
Und macht mich BITTE nicht mit eurem Elternkram LÄCHERLICH.
Okay. Bis heute Abend.
Ganz ehrlich, gibt es etwas Peinlicheres als Eltern?
dana

Bist du bereit?
Ich bin bereit.
Bist du wirklich bereit?
Ich bin wirklich bereit.
Bist du wirklich RICHTIG bereit?
Ja.
Stehst du auf dem Gipfel des Bereitschaftsbergs und WIEHERST DEM UNERWARTETEN MITTEN INS GESICHT?
Was?
Lass uns einfach reingehen, sonst höre ich nie auf.
dana

Hey, Schatz. Und Maiglöckchen. Da seid ihr ja.
Dad, das ist meine Freundin Maiglöckchen Samtnüster.
Freut mich.
Warum haben mir deine Eltern noch keinen Mondnektar angeboten?
Ist sie stubenrein?
Jepp, das war eine super Idee.
dana

Fibi, deckst du
den Tisch?
Okay!
Ich hoffe, ich habe mich vorhin nicht
an ihrem Rasen überfressen.
Das ist die Gefahr
bei Vorspeisen.
dana

Also, Maiglöckchen. Du bist ein Einhorn.
Bin ich.
Und ohne mein magisches SCHUTZSCHILD DER LANGEWEILE würdet ihr in Erfurcht erstarren.
Ist das so?
So sehr, dass ihr Ehrfurcht vor eurer Ehrfurcht hättet.
Doch zu eurem Schutz verberge ich meine Großartigkeit.
Äh, danke.

Du bist sehr hübsch.
Ja, ich weiß.
Selbst die Sterne verübeln mir meine Anmut.
dana
Die Jahre vergehen, Gebirge zerfallen zu Staub, aber meine Schönheit überdauert.
Ganz zu schweigen von ...
Das sind zwar Spargelspitzen, aber ernsthaft verletzen kann man damit wohl niemanden.

MoiTub
Heyyy, ihr Loser. Ich bin's, eure Daria. Willkommen zu meinem VLog!
MoiTub
Wahrscheinlich seht ihr schon, dass meine Haare toller aussehen als sonst.
MoiTub
Wie GEZAUBERT!
Mehr darf ich aber nicht verraten, alles ganz topsecret.
MoiTub
Übrigens, nach meinem Geburtstag nächste Woche wird es nur noch zwei Kategorien von Menschen geben, ...
MoiTub
... die, die da waren und meinen Auftritt gesehen haben ... und die uncoolen.
Ach, und mich. Also drei Kategorien.
MoiTub
Ich bin Daria, und das war SoDaria!
XOXO!
dana

Interessant ist auch, dass ...
... äh ... ähm ...
... mm ...
... ich erst dann andere zu Wort kommen lasse, wenn man mir einen Spiegel vors Gesicht hält.
Unglaublich ... schön.
dana

Dad, erzähl Maiglöckchen von deiner Arbeit!
Ich bin Systemadministrator.
Du solltest doch sagen, dass du der KÖNIG VON DÄNEMARK bist.
Bin ich aber nicht.
dana

Wieso bist du so uncool?
Aus vielen Gründen.
Die da wären?
Erstens, ich bin dein Vater.
Das dauert jetzt eine Weile. Sie lieben es, sich zu streiten.
Weiter.
Zweitens, ich bin ein Nerd.
Ich muss dich UNBEDINGT malen.
dana
Weiter.
Drittens, ich bin dein Vater.
Welche Farbe?
Komm mit.

Ich hab' früher viel gemalt. Die letzten Jahre hatte ich aber kaum Zeit dafür.
Und dann hat Ihre Tochter ein Einhorn mitgebracht.
Und zum ersten Mal bin ich STOLZ auf sie.
Hihi ... schlechter Scherz.
Erzählen Einhörner nie.

Und HIER die komplette Liste, damit du cooler wirst.
Nicht wahr, MAI-GLÖ—
Wo ist Maiglöckchen?
Deine Mutter wollte sie malen.
MOM, GIB MIR MEIN EINHORN ZURÜCK!!!
Ich bin heimlich cool.
dana

Mom, gib mir mein Einhorn zurück!
Oh, hallo, Fibi.
Ich MUSSTE sie malen.
Und ich MUSSTE posieren.
Ich habe für zahllose Wandbehänge Modell gestanden.
Im Posieren bin ich unschlagbar.
Du sagst also, du bist ein Poser?
Eher, dass ich ein GROSSARTIGER Poser bin.
dana

Beeilung, Sturmfänger, wir müssen noch vor Kakophanie zum HORT DER FREUNDLICHKEIT zurück!
Du wirkst nachdenklich.
Es ist nur ... ich spiele zum ersten Mal Einhorn mit einem richtigen Einhorn.
Das ist irgendwie ... ich weiß nicht ...
Komplex?
Ein-schüchternd.
dana

Meine Eltern scheinen dich zu mögen.
Ich weiß. Ist das nicht entzückend?
DU hast keine Eltern, oder?
Soweit ich weiß, nicht.
dana

Ich dachte, du WILLST, dass deine Eltern mich mögen.
Nur deswegen habe ich das SCHUTZSCHILD DER LANGWEILE langsam abgeschwächt.
Vom SCHUTZSCHILD DER NACHSICHT zu dem des MILDEN INTERESSES bis hin zu dem des BLANKEN ERSTAUNENS.
KURZ funkte das der VERÄRGERUNG dazwischen, als ein kleines Mädchen …
Das war keine Absicht.

Du magst also meine Eltern?
Ja.
Magst du sie lieber als MICH?
Aber nein!
Wie viel LIEBER magst du mich?
Sag's in Prozenten!
Du bist süß, wenn du verzweifelt bist.
dana

Deine Eltern durften meine Schönheit nur genießen, weil sie DEINE Eltern sind.
dana
Also nur wegen mir?
Na klar.
Du bist die Beste!
Richtig. Die Beste in allem.
Ich könnte dich kampflos beim Daumen-Ringen schlagen.
Deine BEIDEN Daumen können es nicht mit meinem Schweif aufnehmen.

Hast du wirklich keine Eltern?
Soweit ich weiß, nein.
Wow.
dana
Also kann dich niemand bloßstellen!
Anwesende ausgenommen.

Wieder sind die Sommerferien vorbei, bevor sie richtig angefangen haben!
dana
Habe ich überhaupt IRGENDEINEN meiner tollen Pläne umgesetzt?
Du hast den gesamten Sommer auf dem Rücken eines Fabelwesens verbracht.
Also alles in allem ein SUPER Sommer!
Abgesehen von der Nacktschnecke, auf die du barfuß getreten bist.

Dad, wie war das Leben vor dem Internet?
Ich wusste es.
Irgendwann muss ich von FRÜHER erzählen.
Es war eine dunkle, brutale Zeit. Schreibmaschinen regierten die Welt und es herrschten IGNORANZ und LANGEWEILE.
Es war sehr schwierig, seine Zeit mit Katzenvideos zu verplempern.
Ich gehe raus.
Draußen! Ich erinnere mich.
Miau

Au!
Halt still, wenn du auf der Party deiner Freundin gut aussehen möchtest.
Daria ist KEINE Freundin.
Trotzdem möchtest du hübsch aussehen, oder?
Ich möchte, dass sie bei meinem Anblick das BLANKE GRAUEN packt.
Mit einem französischen Zopf?
Haben wir noch meine Vampirzähne von Halloween?
dana

Du steigst hier ab und ich suche Daria, damit sie auf mir zu ihrer Party reiten kann.
Hals- und Bein-bruch!
Wessen?
Viel Spaß!, meinte ich.
dana

Bäh. Was will DIE denn hier?
HAPPY BIRTHDAY
Komischer Vogel.
Vielleicht ist Daria heimlich auch komisch.
Ganz genau. Wir kennen uns vom geheimen Komischer-Vogel-Treff.
Besser Abstand halten …
Puh.
dana

Wo bleiben ...
SEHET!
Und grüßet meine Gegenwart!
Wie das Teil wohl schmeckt?
Grmmphh.
dana

Warum ist niemand beeindruckt?
Ich hatte doch das SCHUTZSCHILD DER LANGEWEILE erwähnt?
Seine Magie sorgt dafür, dass wir eben NICHT auffallen.
Ich muss aber auffallen! Ich bin das GEBURTSTAGSKIND!
Dann, meine Liebe, hättest du nicht auf einem Einhorn hereinreiten sollen.
dana

Was ist mit Daria los?
Ich spreche nicht mehr mit ihr!
Was rein zu IHREM Schaden ist, denn ICH bin formidabel.
Heißt das so viel wie „anstrengend"?

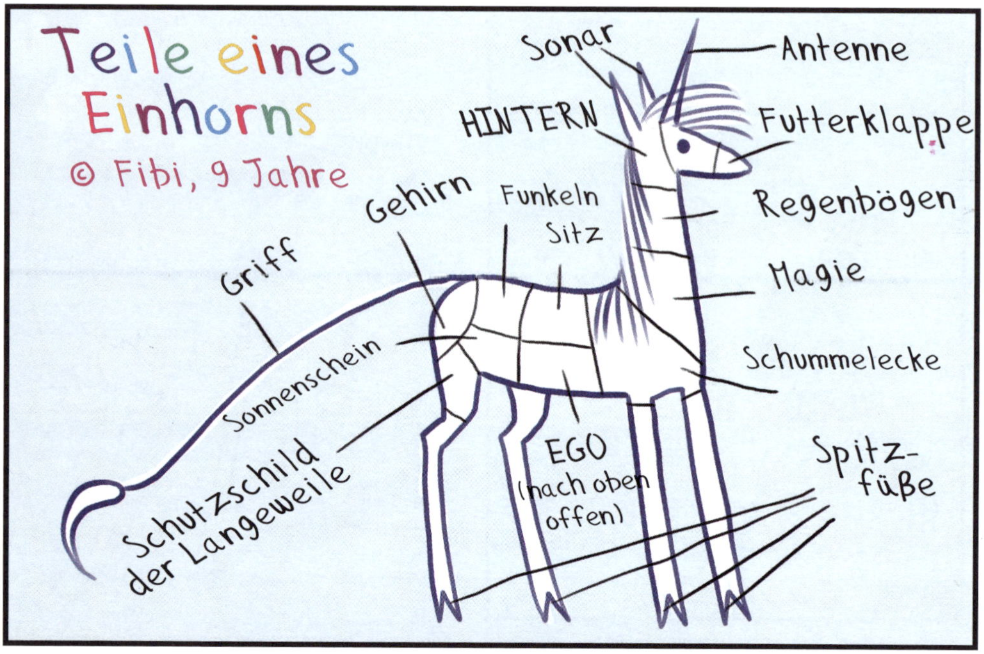
Teile eines Einhorns
© Fibi, 9 Jahre
Sonar
Antenne
HINTERN
Futterklappe
Gehirn
Funkeln
Sitz
Regenbögen
Griff
Magie
Sonnenschein
Schummelecke
Schutzschild der Langeweile
EGO (nach oben offen)
Spitzfüße

Ist das Wissenschaft oder Kunst?
Beides. Ich nenne es „Wunst".

Daria wollte, was ALLE Menschen wollen.
Sie wollte sich in meiner Außer-gewöhnlichkeit sonnen, um selbst zu glänzen.
Als ich ablehnte, nannte sie mich „stumpf".
Sehr, sehr schlechte Wortwahl!
Dabei bin ich spitze.
dana

Wie unzufrieden sie aussieht.
Vielleicht bin ich die Einzige, die ihr helfen kann.
Entweder steigt mir dieses Wissen zu Kopf, oder ich bin total überzuckert.
dana

Du bist sauer.
Pfff.
Ich verstehe.
Tsss.
Ginge mir auch so.
Hmph.
Das ist keine Antwort.
Blub.
dana

Daria zeigt mir die kalte Schulter.
Warte ab, bis sie unser Geschenk geöffnet hat.
Bis dahin solltest du von diesem EXQUISITEN Rasen kosten.
Ich hole mir lieber ein Stück Kuchen.
Menschen haben einfach keinen Sinn für Feines.
dana

Und das hier ist von … oh … Maiglöckchen und Fibi.
Mal sehen, was sie Seltsames …
War das ein Aufschrei exquisiter Freude?
Lange genug hat es ja gedauert.
dana

Sei ehrlich, was hast du in die Box gepackt?
Ein Stückchen pure Freude.
So etwas gibt es wirklich?
Aber ja!
Ich will AUCH ein Stück „pure Freude".
Wozu? ICH mache dich doch schon glücklich.
BÄHH.
Ja, ja, die Welt ist ungerecht …
dana

Morgen geht alles zu Ende, ...
... der Sommer, ...
... die Freiheit.
Dann heißt es zurück auf den Plastikstuhl und dem Lehrer gehorchen.
Da bleibt uns wohl nur noch eines übrig.
Was?
Pass auf.
dana

Was ist denn dieses großе, gelbe Ding?
SCHOO
A123
Ein Schulbus. Vor dir musste ich damit zur Schule fahren.
Ich bin viel hübscher.
Und viel bequemer.
Wir merken uns: Einhörner sind besser als Schulbusse.
Wussten wir das nicht längst?
dana

TIPTON ELEMENTARY
WELCOME BACK
In meinem alten Klassenzimmer sitzen jetzt ANDERE Kinder.
Letztes Jahr saß ich dort jeden Tag, und nun werde ich für immer daran vorbeilaufen.
Und es **NIE WIEDER** betreten.
Sonst noch was?
Ja. Kitzelt das?
dana

Da ist es: mein altes Klassenzimmer.
Es ist derselbe Raum, aber auch NICHT derselbe.
Du bist dieselbe Person, aber auch NICHT dieselbe.
Die Schule hat kaum angefangen und schon denken wir zu scharf nach.
dana

Ich hole dich nach der Schule wieder ab.
Bleibst du nicht hier?
Ich habe WICHTIGE EINHORNDINGE zu erledigen.
Du willst das Fußballfeld abgrasen, richtig?
Sicher nicht. Da waren viel zu viele KINDER drauf.
dana

Dr. Fibi sucht nach den Zeichen vergangener Kulturen.
Untersucht den Tisch nach Spuren früherer Viertklässler.
Die Hinweise verdichten sich auf einen König aus ...
... dem Heavy-Metal-Zeitalter namens OZZY.
dana

Ich kenne hier so gut wie niemanden.
Ich wünschte, jemand aus dem letzten Jahr wäre hier.
Irgendwer, nur nicht–,
Oh, DU?
Ich war noch nicht fertig!
Einmal ein Freak ...
dana

Du weißt schon, dass du NACKT bist?
Wieso?
Ich brauche keine Kleidung.
Weil es ein Verbrechen wäre, auch nur einen Zentimeter dieser Pracht zu verstecken.
Du jedoch MUSST deinen Köper bedecken, weil er so pink und peinlich ist.
Du brauchst ein Hobby.
Ich habe doch eins.
dana

DRRRRRIIIINNGG
Das erste Klingeln im neuen Schuljahr ist immer das schlimmste.
dana

Buchstabiertest
Ich muss gleich an einem Buchstabiertest teilnehmen, …
tap tap tap
… dann bekomme ich einen Buchstabierpartner zugewiesen …
… und muss Zeit mit jemandem verbringen, den ich KAUM kenne.
dana
Kein Kommentar.

Fibi?
Jepp?
Ich bin Max. Dein Buchstabierpartner.
Du bist ja quasi blind.
So sieht's aus.
dana

Du musst ziemlich gut sein.
Okay.
Schließlich hast du MICH als Partner.
Okay.
Sicher bin ich dein einziger, ernstzunehmender Gegner.
Okay.
Gib mir einen Euro.
Nein.
Mist.

„Arzt".
A-R-Z-T
„Jagd".
J-A-G-D
„Mai-glöckchen".
Was?
Buch-stabiere den Namen!
Du machst mich N-E-R-V-Ö-S.
dana

Ich habe heute meinen Buchstabierpartner getroffen.
Und, wie lief es?
Super!
Ich habe ihm die Brille abgenommen und ihn gezwungen, deinen Namen zu buchstabieren.
Also NICHT super.
Jupp. Es war schrecklich.
dana

Heute sollte es doch nicht regnen.
Ihr Menschen kontrolliert das Wetter nun mal nicht.
Wir sagen es aber voraus, damit wir nicht nass werden.
Und trotzdem seid ihr dem Wetter ausgeliefert.
Vielleicht lehrt euch das Bescheidenheit.
Ausgerechnet DU sprichst von Bescheidenheit.
Ich habe alle Zeit der Welt.
Einhornhumor. Nicht sehr subtil.

Ich will, dass Max mich mag. Aber jetzt glaubt er sicher, dass ich seltsam bin.
Du MAGST ihn also?
Ja, er ist ganz cool.
Du weißt schon, was ich mit „mögen" meine?
Du willst aus seinen Schnürsenkeln ein Nest bauen!
Menschen sind dir ein Rätsel, oder?

Damit Max dich mag, musst du—
Ich weiß, „ich selbst sein".
Auf KEINEN Fall.
Du selbst sein ist riskant. Aber ALLE lieben Einhörner.
Echt?
Du musst dein INNERES EINHORN beschwören.
Ich weiß nicht, ob ich meine Nase so hoch tragen kann.

Was bedeutet es, sein INNERES EINHORN zu beschwören?
Das fragst du MICH?
Nein. Die Frage war RHETORISCH.
dana
Du hast innegehalten.
Der DRAMATIK wegen!

Wir sind doch nun schon eine Weile befreundet.
Du hast mich beobachtet, dich in meinem Glanz gesonnt.
Nutze diese Erfahrung und WERDE zum Einhorn.
Ach, ich bin ja so toll! Schaut alle her, wie toll ich bin!
Sag einfach Bescheid, wenn du fertig bist.

Akzeptiere dein inneres Einhorn.
Du bist edel. Zeitlos. Unglaublich schön.
Da du anderen überlegen bist, musst du dir um niemanden Gedanken machen.
Ich bin TOLL.
Um dieses Gesprächs willen, ja.
dana

AM NÄCHSTEN TAG ...
inneres Einhorn inneres Einhorn inneres Einhorn
Bereit zu buch-stabieren?
PPPRRFT
Cool.
Gib her! Ich wette, ich spucke weiter.
Jungs! So viel zum inneren Einhorn.
dana

Das Verb „fallen" bedeutet stürzen, zum Beispiel in den Schlamm, mit dem Gesicht voran.
Regen kann auch „fallen" und meine Welt in eine Schlammpfütze verwandeln.
Ein „Wasserfall" wiederum ist schön, aber man achte unbedingt …
Dein Schweif hat dich gerettet!
Ich bin noch toller, als wir dachten!
… auf seine Hufe, da ein „Fall" tragisch enden kann.
Und sind die Blätter rot und golden, der Wind schon kühl, die Schatten lang,
dana
dann feiern wir den HERBST, ein klarer FALL!

Ich muss nach der Schule zum Klavierunterricht.
Die Schule ist aus, aber NEIN! Statt Freiheit wartet NOCH mehr Unterricht.
Kaum zur einen Tür hinaus, zur anderen wieder hinein.
Ist das ein Zitat?
Vielleicht.
dana

Wenn ich nicht übe, wirft mein Klavierlehrer mir diesen BLICK zu.
SO.
Das ist GRUSELIG.
Ich weiß!
Der Blick ist das Beste, was ich gelernt habe.
Wenigstens übst du ETWAS.
dana

Hast du diese Woche geübt, Fibi?
Ich habe **FAST** geübt.
Du hast fast geübt?
Ich war SO nah dran.
Deine Eltern sind sicher fast stolz auf dich.
Ich bin mir fast sicher.

So, im nächsten Takt musst du—
Wieso erklären Sie mir das eigentlich?
Weder die Beatles noch die großen Jazzmusiker konnten Noten lesen.
Zerstören Sie gerade meine Aussicht auf LEGENDÄREN Ruhm?
Ich bin böse.
Das sieht man schon am Bart.
dana

Könntest du mir ... musikalisches Talent **anzaubern**?
Ich soll dir helfen, beim Klavierunterricht zu schummeln?
Bitte, bitte!
Und was hätte ICH davon?
Ich könnte viele Dinge unterlassen, die dich nerven.
Touché.
dana

Ich kann dir kein Wissen anzaubern, das ich nicht selbst besitze.
Zu deinem Glück bin ich jedoch eine HOCHBEGABTE Pianistin.
Du?
Ist das so überraschend?
Du hast keine Finger.
Dafür aber einen sehr wendigen Schweif.
dana

Das „Weißhinterneinhorn", lilium convallium. Ein seltenes Exemplar.
Man beachte die selbstgefällige Miene, die überhebliche Körpersprache und besonders den gezierten Schwung des Schweifes.
Schaut genau hin.
Seit wann kannst DU Latein?
Ich kann gar nichts. Aber mein Handy kann.

Ich wusste nicht, dass ihr musikalisch seid.
Wir ERFANDEN Musik.
Irgendwann haben wir beschlossen, dass nur eines unsere Pracht untermalen kann.
Bescheidenheit?
Ein SOUNDTRACK.
dana

Bei deiner nächsten Klavierstunde werde ich draußen warten ...
... und meine Musikalität auf dich übertragen.
Dein Lehrer wird ENTZÜCKT sein.
Aber du spielst doch mit dem Schweif. Und ich HABE keinen.
Lass das mal meine Sorge sein.
EINE WOCHE SPÄTER
Hör auf mit deiner Nase zu spielen!
Warum höre ich nur immer auf dieses dumme Einhorn?

Zwar schaut mein Klavierlehrer mich nicht mehr böse an, ...
... dafür glaubt er, dass ich BLÖD bin.
ALS OB ...
Wobei ... ich BIN auf dich reingefallen und habe mit der Nase Klavier gespielt.
Das war urkomisch.
dana

Wir sollten dich mit der Musik versöhnen.
Lass uns in einen Plattenladen gehen.
Einen was?
Ich werde alt.
dana

Top 6
Schallplatten
Früher waren Plattenläden der Gradmesser für Kultur und Style.
DU scheinst deine Musik über dein Plastikteil zu beziehen.
Als junger Mensch weiß man Schallplatten wohl nicht mehr zu schätzen.
RUNTER VON MEINEM RASEN, KINDER!
Der im Übrigen exquisit schmeckt.
dana

BOINK
Und wieder verfehlt.
In der Tat.
dana

Klaustrofibi.
Spitzkopf. Meine alte Erzfeindin!
OH GOTT!
Sie trägt ein FLAMMENKOSTÜM!
Wohl kaum.
Okay ... dann einen GIFTIGEN MANTEL!
Hmm ... nein.
Oder ist Wasser dein Kryptonit?
Ich glaube, du willst mich einfach nur mit dem Schlauch abspritzen.
Welcher Schlauch?

Setz dich hin und höre Musik, sonst müssen wir gehen.
Mir egal.
Plattenläden sind langweilig und riechen komisch.
dana
DAS ist allerdings MEGA.
Einhorn.

Die Musik gefällt mir. Sie ist ... funky.
Wer ist das?
ZACK
Wow.
TROMMELWIRBEL!
dana

Mein Klavierlehrer!
Ja.
Aber er ist alt und komisch.
Und du bist jung und komisch.
Dafür habe ICH keine Platte!
dana

War das Absicht?
Was?
Dass du mich ZUFÄLLIG in einen Plattenladen führst und mir ZUFÄLLIG ein Album meines Lehrers vorspielst?
Versuchst du mir etwa eine Lektion zu erteilen?
Ich würde sagen, du überschätzt mich, auch wenn das nicht möglich ist.
dana

Wie Sie sehen, nehme ich dank Ihnen die Musik SEHR viel ernster.
Das heißt, du hast tatsächlich GEÜBT?
Nein, aber lange nach dem passenden Outfit gesucht.
Das ist fast ein Anfang.
dana

Großartige Musik muss nicht kompliziert sein.
IN DREI AKKORDEN ZUM GLÜCK!
Ich google sie mal.
Google auch mal das Wort „Talent".
dana

Höret unsere Weissagung.
Alleine begeben sich ein Einhorn und ein junges Mädchen auf eine lange Reise zum Gipfel der Welt.
Sich in die Höhe reckend, wird das Mädchen einen magischen Talisman in der Hand halten.
Auf dass dieser den Fluss der Weisheit berühre.
Wieso habe ich hier oben noch immer kein Signal?
Und fast, aber nur fast hätte sich unsere Prophezeiung erfüllt.
dana

Was machen wir an Halloween?
Halloween?
Das ist ein Tag nächste Woche, an dem man sich verkleidet und Süßes oder Saures verlangt.
dana
Das machst du doch alle paar Wochen.
Aber an Halloween mit **ERFOLG**.

Wir gehen kostümiert von Tür zu Tür und sammeln Süßes.
Wir haben einen ähnlichen Brauch.
Der heißt?
DER TAG MIT DEN SÜSSIGKEITEN UND DEN KOSTÜMEN.
„Halloween" ist aber griffiger.
Stimmt, das werde ich ab jetzt auch sagen.
dana

Können wir auch in deiner Welt Süßes sammeln?
Können wir.
JUHU!
dana
Deine anderen Freunde werden staunen, wenn sie sehen, mit was für einem coolen Menschen du abhängst.
Wir werden dich SEHR gut tarnen müssen.
Kostümieren!

Wir brauchen ein gemeinsames Kostüm!
Ich hab's!
Wir könnten als Kamel gehen!
Und du bist der Höcker.
Willst du mich etwa unter einer Decke verstecken?
Nein. Und Höcker reden nicht.
dana

Wie wäre es, wenn ich mich als REITER DER APOKALYPSE verkleide?
Erstens ...
... gibt es VIER Reiter. Zweitens bin ich KEIN Pferd.
Und drittens?
NEIN.
dana

Wir sollten das ganz klassisch angehen.
Wir verkleiden uns als Lucky Luke und Jolly Jumper.
APOKALYPSE APOKALYPSE APOKALYPSE!
Wie kann man nur so stur sein?
dana

ZZAP
Was MACHEN wir hier?
Du hast mich per SMS gebeten, dir BERGE zu bringen.
Ein Wunsch, der einer Prinzessin würdig sein mag, ...
... jedoch schwer zu erfüllen ist.
Daher habe ich DICH zu den Bergen gebracht.
Ich hatte SÄRGE geschrieben. Für Halloween.
Glaube ich ...
DOOFE AUTOKORREKTUR.
Trotzdem schön hier.

Hey, Maiglöckchen.
Hallo! Ist Fibi bereit?
Da bin ich!
Als was gehst DU denn?
Als der Tod. Ich bin ein Apokalyptischer Reiter.
Du solltest dich doch als Lucky Lukes Pferd verkleiden!
Ich dachte, wir– wie bitte?!
dana

Irgendwie machst du als Lucky Luke mit mir oben drauf keinen Sinn.
Sagt „der Tod".
Du bist nicht mal eine PERSON, sondern nur eine abstrakte Figur.
Ich mache mehr Sinn als du.
Das ist TOTAL personifikatorisch von dir.
dana
Beleidigungen von nicht realen, abstrakten Figuren kann ich leider nicht hören.

Wie viele Häuser suchen wir auf?
Nur eines.
Das Lager des ZUCKERDRACHEN.
Ist es gefährlich dort?
Keine Angst, er weiß, dass du keine Lakritze magst.
dana

Sind wir da?
Wenn du möchtest, kannst du jetzt loslegen.
SÜSSES ODER SAURES!
Was? Nein!
Oh, muss ich einen speziellen Zauber aufsagen?
Lass mich mal.
RAUS DA, TROTTEL!
dana

RAR. RAR RAR
RAR RAR RAR.
RAR.
Jetzt gib schon her, Teddy.
dana

MAIGLÖCKCHEN; wie soll so ein winziger Drache so ein einzelnes Bonbon—
Das ist doch **physikalisch** unmöglich.
dana
An Halloween ist alles möglich!

Hey!
Da ist ja Max. Und er sieht traurig aus.
Hey, Max. Alles klar?
Niemand glaubt mir, dass ich kostümiert bin.
Unsinn. Du bist EINDEUTIG Steve Jobs.
DANKE!
Komm, ich hab' genug Süßigkeiten für uns beide.
Und die, die mir geglaubt haben, fanden es lustig, mir Äpfel zu gegeben.
JEMAND hat MEINE Äpfel schon gegessen.
Hat da hinten jemand etwas von Äpfeln gesagt?
dana

Mom, ich kann heute nicht zur Schule. Ich bin krank!
Ach was!
Ich bin GEISTIG krank.
Ich bin PLEMPLEM.
Anscheinend müssen Verrückte trotzdem zur Schule.
Selbst die Verrückten sollen nicht dumm bleiben.
dana

Meine Eltern gehen heute wählen.
Ich darf aber nicht.
Ich auch nicht.
Weil du ein Tier bist, richtig?
Und weil ich nackt wählen gehen würde.
Mein Onkel hatte mal dasselbe Problem.
dana

Da fliegen sie dahin ... gen Süden.
Ich hab's mal ausprobiert, es hat aber nicht geklappt.
Warum?
Weil Einhörner nicht FLIEGEN können, Dummie.
Ach ja, bin ICH doof.
dana

Dad, kannst du das hier bitte unterschreiben, ohne es zu lesen?
Hier steht, dass du Pferdemist gegen Fruchtriegel tauschen wolltest?
Gegen **EINHORNÄPFEL.** Außerdem dachte ich, dass Daria sie nimmt.
dana

Schon fertig? Nach nur **VIER SEKUNDEN?**
Für mehr ist keine Zeit. Wir haben neun Stunden „Verstecken“ gespielt.
Maiglöckchen im Winter
© Fibi
dana

Maiglöckchen, bist du schneller als ein Auto?
Was für ein Auto?
Egal welches.
Eines, das SCHNELLER ALS EIN EINHORN ist?
Klar.
Aber sicher.
dana
PAH!
Ich bin sogar schneller als ich selbst.

Dieses Spiel heißt „Wurmloch".
Zeigst du es mir?
Es ist kompliziert, PASS GUT AUF.
Ich benutze den Wurmlocher und mache ein Loch in die Decke ...
ZZIP
... und ein anderes hier.
ZZAP
ZZAP
ZZIP
Ich glaube, du hast es schon verstanden.

Seit Tagen hängt hier nur EIN Blatt.
Jeden Tag hoffe ich SO SEHR aufs Neue, es fallen zu sehen.
Ich bin allmählich besessen davon.
Ich glaube, dein Leben ist ziemlich langweilig.
Ähm, ich reite ein EINHORN zur Schule.
dana

Wann das letzte Blatt wohl fällt? #dasletzteblatt
Ein Live-Tweet macht die Sache nicht wirklich spannender.
dana

Das Blatt scheint es dir angetan zu haben.
Irgendwie erinnert es mich an mich.
Stimmt, ihr seid beide orange und exzentrisch.
„Orange" vielleicht …
dana

Alle anderen Blätter haben aufgegeben, nur dieses eine hat DURCHHALTEVERMÖGEN.
Es ist ihm egal, dass es anders ist, oder alleine. Das ist inspirierend.
Ich bleibe hier, solange es hängt.
Außer jetzt, da gehe ich für eine Sekunde weg.
Wohin gehst du?
Nach Hause. Ich hole meine Fäustlinge.
dana

Da bin ich wieder!
Ist das Blatt ...
dana

Jetzt können die beiden zusammen hängen oder fallen.
Wie feinsinnig.
Kannst DU Blätter zurück an den Baum hängen?
Nein.
Punkt für mich.
dana

SCHNURR
SCHNURR
He!
SCHNURR
Ja, bitte?
Du schnurrst ja.
Einhörner schnurren nicht.
SCHNURR

Wie zeichne ich Maiglöckchen?

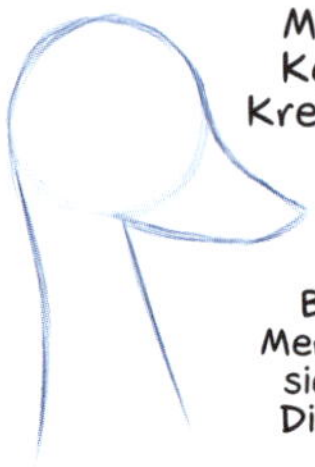

Maiglöckchens Kopf hat einen Kreis in der Mitte.

Bevor ich ihre Merkmale zeichne, sieht sie wie ein Dinosaurier aus.

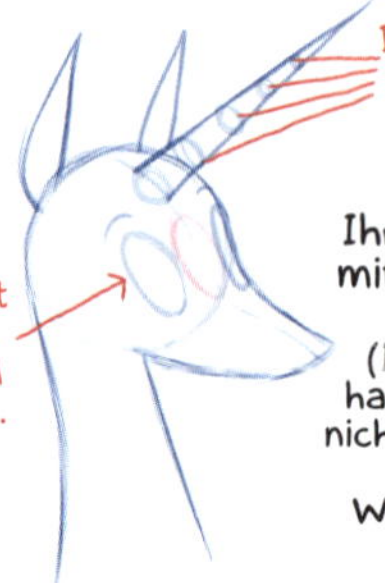

Ihr Horn befindet sich mittig über den Augen.

(In den ersten Comics habe ich in diesem Punkt nicht so richtig aufgepasst, deshalb litt sie am Wanderhorn-Syndrom.)

Ihre vordere Mähne hat Schwung und fällt immer hinter das Horn, egal in welche Richtung sie schaut.

(Das ist Zauberei.)

Maiglöckchen ist geformt wie ein Schwan, mit einem langen schlanken Hals.

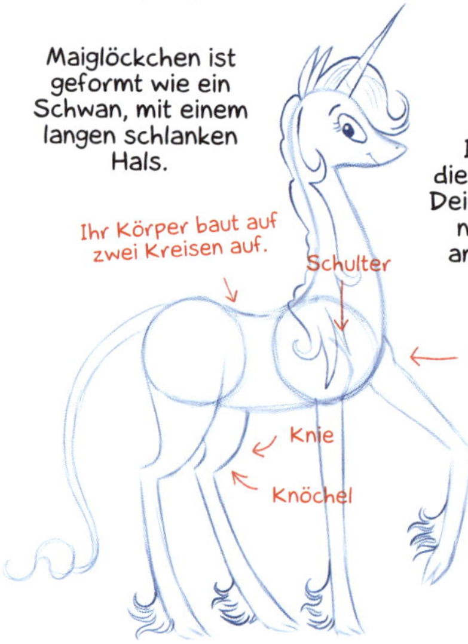

Ihre Beine haben dieselben Gelenke wie Deine Arme und Beine, nur sind sie etwas anders angeordnet.

Ihre Hufe sind gespalten (zwei Spitzen), wie die eines Rehs. Sie hat flauschige Fesseln.

Wie zeichne ich Fibi?

Fibis Kopf ist sehr rund.

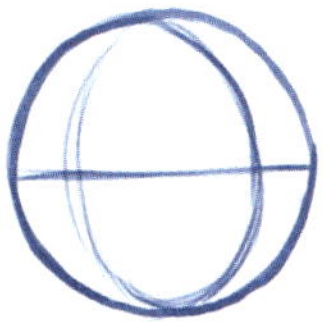

Sie hat leicht ovale Augen und ein Stupsnäschen.

In ihrem Haar sind viele Linien.

Meist, aber nicht immer, bindet sie es zu einem Pferdeschwanz.

Ein Glanzpunkt in jedem Auge.

Sommersprossen!

Ein Zahn fehlt!

Ihr Köper baut auch auf zwei Kreisen auf.

Vier Finger, vier Zehen, wie bei vielen anderen Cartoonfiguren.

Anders als andere Cartoonfiguren, trägt Fibi an verschiedenen Tagen unterschiedliche Outfits.

Probiere welche aus! Im Buch findest Du viele Beispiele. Oder erfinde selbst welche.

Bastle eine Maiglöckchen-Samtnüster-Stangen-Puppe

MATERIALIEN: weißer Karton oder Pappteller, eine Schere, ein Bleistift, eine Bastelstange, Filzstifte, Klebstoff, Tesafilm, Schnur

ANLEITUNG:

1. Kopiere das Bild von Maiglöckchen oder zeichne es nach.
2. Male das Bild mit den Filzstiften aus.
3. Schneide das Bild aus und klebe es auf den Karton oder den Pappteller.
4. Schneide den Karton entlang des Bildrandes.
5. Klebe das Bild nun auf die Bastelstange.
6. Klebe die Schnur als Mähne auf.

Bastle ein Daumenkino

Comiczeichner erzählen Geschichten in Bildern. Oftmals arbeiten Comiczeichner auch als Trickfilmzeichner. In diesem Fall müssen sie eine ganze Reihe einzelner Bewegungen zeichnen, die im Trickfilm zusammenhängend zu sehen sind. Bei dieser Art von Animation kommt es zum sogenannten Nachbildeffekt: Einzelne Bilder laufen so schnell vor Deinen Augen vorbei, dass Dein Gehirn fehlende Zwischenbewegungen ergänzt; deshalb scheint sich die animierte Figur zu bewegen.

MATERIALIEN: Papier, Karteikarten oder Klebezettel, Hefter und Heftklammern, Büroklammern oder Zwecken, Bleistift oder Filzstifte

ANLEITUNG:

1. Schneide mindestens 20 Papierstreifen in exakt dieselbe Größe oder benutze andere Materialien wie Karteikarten oder Klebezettel.

2. Füge die Streifen mit einem Hefter, einer Büroklammer oder einer Zwecke zusammen.

3. Überlege Dir ein Thema. Alles ist erlaubt, von einem springenden Ball über eine rennende Maiglöckchen bis hin zu einer Sternschnuppe.

4. Zeichne drei Schlüsselbilder, das erste auf Seite 1, das letzte auf Seite 20, das mittlere auf Seite 10, und fülle dann die Seiten dazwischen aus.

Bereite einen Einhorn-Snack-Mix für Deine Pyjamaparty vor

Maiglöckchens Lieblingsspeise mag vielleicht köstliches, saftiges Gras sein, aber zu einer Pyjamaparty gehört ein Snack-Mix. Der ist lecker und einfach zuzubereiten.

ZUTATEN: eine Tüte Hörnchenchips (weil sie genau wie Einhornhörner aussehen), eine Tüte Käsecracker, eine Tüte Minibrezeln, 125g Nüsse (entweder Cashew- oder Erdnüsse), 1 Päckchen Salatdressing, 8 EL Sonnenblumenöl

ANLEITUNG:

1. Mische in einer kleinen Schale das Sonnenblumenöl mit dem Salatdressing.
2. Gib die Hörnchenchips, die Käsecracker, die Minibrezeln und die Nüsse in eine große Schale.
3. Schütte das Salatdressing in die große Schale und rühre um.
4. Bewahre die Mischung in einer Tupperdose oder einem luftdichten Beutel auf.

Zeichne Deinen eigenen Comicstrip

Der Comicstrip beginnt damit, dass Fibi auf Maiglöckchen trifft und die beiden Freunde werden. Erinnere Dich, wie Du einen Deiner besten Freunde kennengelernt hast, und erzähle davon in einem Comicstrip.

MATERIALIEN: ein leeres Blatt Papier, ein Bleistift, Filzstifte oder Buntstifte

ANLEITUNG:

1. Zeichne drei leere Comicfelder.
2. Schau Dir am Beispiel oben an, wie Dana Simpson die Begegnung vorbereitet und mit einer Pointe beendet.
3. Sobald Du entschieden hast, welche Geschichte Du erzählen möchtest, fülle Deine drei leeren Bilder aus. Und vergiss nicht: Du brauchst einen Anfang, eine Mitte und ein Ende.
4. Trage ins erste Bild den Titel Deiner Geschichte ein.

„Wir werden immer Freunde sein, nicht wahr, Pu?“, fragte Ferkel. „Noch länger“, antwortete Pu.
– Pu der Bär

Witziges Wissen über Einhörner

Einhörner mögen fiktive Geschöpfe sein, doch sie gehören auch zu den offiziellen Schutztieren Schottlands und waren im Mittelalter auf dem königlichen Wappen abgebildet. (Der rote Löwe oben auf dem Schild ist das andere offizielle Schutztier.)

Die Lake Superior State Universität in Amerika erteilt über ihren Fachbereich „Einhörner und ihre Jäger" Lizenzen zur Erforschung von Einhörnern.

Einhörner tauchen seit der Antike in Folklore und Kunst auf – und das in so unterschiedlichen Ländern wie China, Griechenland und Frankreich. Eine der berühmtesten Darstellungen liefert die „Jagd des Einhorns", eine Serie von sieben Wandteppichen, die sich in einer Zweigstelle des Metropolitan Museum of Art, The Cloisters (den Kreuzgängen), in New York befindet.